Herr Präsident

Stephen Arr

Writat

Diese Ausgabe erschien im Jahr 2024

ISBN: 9789359949413

Herausgegeben von
Writat
E-Mail: info@writat.com

HERR. PRÄSIDENT

Von STEPHEN ARR

HERR. PRÄSIDENT

Von STEPHEN ARR

Er war mit überwältigender Mehrheit gewählt worden. Es strömten Beileidsbekundungen herein, aber sie konnten nicht helfen ... nichts konnte helfen.

George Wong stand blass und stumm am Videobildschirm und lauschte den Wahlergebnissen, ein langstieliges Glas Champagner in seiner zitternden rechten Hand vergessen.

Der Ansager brummte weiter: „Die jüngsten Ergebnisse von Venus, wobei die Hälfte der Wahlkreise Bericht erstattet, geben drei Milliarden vierhundertsechsundneunzig Millionen Stimmen für Wong, gegenüber einer Milliarde vierhundert Millionen für Thompson und einer Milliarde einhundert Millionen für." Miccio und neunhundert Millionen für Kau. Diese Ergebnisse, zusammen mit den fast vollständigen Ergebnissen von der Erde und den ersten fragmentarischen Berichten vom Mars, deuten eindeutig auf eine erdrutschartige Wahl für Wong als nächsten Präsidenten der Solar Union hin. Die zwei Milliarden Stimmen von Ganymed und Callisto, die morgen früh eingehen werden, können die Ergebnisse nicht nennenswert beeinflussen. Es ist sicher, dass Thompson, Miccio, Kau, Singh und DuLavier darunter sein werden gewählt, aber in welcher Reihenfolge steht noch nicht ..."

Wong beugte sich vor und schaltete das Video ab. Seine Schultern hingen herab. Er lehnte an der Konsole, als wäre er zu müde, um sich zu bewegen, ein schmächtiger, schmalschultriger Mann mit sehr hoher Stirn und dünnem, fliehenden schwarzen Haar. Seine großen, traurigen, mandelförmigen Augen und die gelb gefärbte Haut deuteten darauf hin, dass in dem gemischten Blut, das durch seine Adern floss, viel asiatisches Blut war.

„Es tut mir leid, wirklich leid", sagte Michael Thompson mitfühlend und legte einen freundlichen Arm auf die schmalen Schultern des erfolgreichen Kandidaten. Sie waren allein im Wohnzimmer der Hotelsuite in New Geneva, die sie für die Kampagne gemeinsam genutzt hatten. „Die Leute haben eine gute Wahl getroffen. Nach der wunderbaren Arbeit, die Sie bei der Organisation der Kolonisierung von Io und Europa geleistet haben, waren Sie der logische Mann. Und dann haben Sie den fantastischen Verantwortungsquotienten von 9,6 von 10. Wie auch immer", fügte er müde hinzu Achselzucken: „Mach dir kein schlechtes Gewissen – es sieht so aus, als ob ich Erster Vizepräsident werde."

Ein kurzes Lächeln huschte über George Wongs Gesicht. „Wir, die im Sterben liegen, grüßen Sie", sagte er und hob sein Glas in einem bitteren Toast auf den leeren Videobildschirm.

Thompson, der Mann, der Erster Vizepräsident werden sollte, schloss sich ihm schweigend an.

„Zumindest", seufzte Wong und stellte sein leeres Glas auf das Video ab, „ich habe keine Familie. Schauen Sie sich den armen Kau an. Bei Miccio. Mit Frauen und Kindern, wie sie gelitten haben müssen, als sie erfuhren, dass sie es waren." von den Konventionen entworfen... Nun, ich denke, es bleibt nichts anderes übrig, als ins Bett zu gehen und zu warten, bis sie mich morgen früh abholen. Gute Nacht, Michael.

„Gute Nacht, George", sagte Michael Thompson. Er wandte sich seinem eigenen Zimmer zu. „Es *tut mir* leid", sagte er noch einmal.

Wong hatte bereits gefrühstückt und war für die Amtseinführung in einen unauffälligen Tweedanzug gekleidet, als das Glockenspiel ertönte und ihm verriet, dass sie an der Tür waren. Langsam ging er zur Tür und öffnete sie.

„Guten Morgen, Herr Präsident", sagte der Mann draußen fröhlich und ließ sein berühmtes Grinsen aufblitzen. George Wong erkannte sofort Al Grimm, den Mann, der persönlicher Sekretär von dreiundsechzig Präsidenten gewesen war. Er gehörte zu der riesigen Armee von Beamten, die dafür sorgten, dass sich die Räder der Regierung reibungslos drehten, bis die Präsidenten in der Lage waren, die Entscheidungen zu treffen, die die Politik bestimmen würden.

„Guten Morgen, Al", sagte George Wong. „Ich fürchte, ich muss mich in den ersten Tagen ganz in Ihre Hände begeben. Gehen wir jetzt zur Einweihung in die Executive Mansion?"

„Ja, Sir. Dann, nach Ihrer Amtseinführung, ins Büro. Die ganze Nacht über sind Beileidsbekundungen eingegangen, aber ich glaube nicht, dass Sie sich darum kümmern wollen. Ich fürchte jedoch, dass wir einige zur Sprache bringen müssen der Probleme, die in den zwei Wochen seit dem Ausscheiden von Präsident Reynolds aufgetreten sind.

"Wie geht es ihm?" fragte Wong. „Ich kannte ihn, wissen Sie. Er lehrte zur gleichen Zeit wie ich an der Venus-Universität. Er war ein guter Mann."

„Ich fürchte, es geht ihm nicht besser", sagte Al kopfschüttelnd. „Wir tun alles für ihn, aber er will nicht einmal mit seiner Frau sprechen. Du weißt, wie schwierig das ist."

„Ja, ich weiß", sagte Wong.

Schweigend fuhren sie die Treppe hinunter und gingen zu dem Presidential Copter, der auf der Straße vor dem Haus geparkt war. Ein paar Wachen hielten sich in der Nähe auf, aber es gab keine Menschenmassen. Sie bestiegen den Plüschkopter, der sich sanft unter seinen wirbelnden Rotorblättern erhob, sie über die Stadt trug und schließlich auf dem Rasen des Executive Mansion landete.

Oberster Richter Herz empfing sie in einem blauen Business-Anzug, und nachdem sie sich die Hand geschüttelt hatten , leistete er den Eid.

„Schwören Sie, George Wong", fragte er, „jede Entscheidung, die Sie als Präsident der Solar Union treffen sollen, zum Wohle der Menschen der Union und im Einklang mit dem zu treffen, was Sie für fair und gerecht halten? Sind Sie sich der Tatsache voll bewusst, dass das Wohlergehen von 75 Milliarden Bürgern der Union von Ihnen abhängt?"

„Das tue ich", sagte George Wong mit schmerzhaft trockener Kehle, die kaum zuließ, dass die Worte herauskamen.

Alle schüttelten sich noch einmal die Hände. Dann führte Al Grimm den Präsidenten über den Rasen, in die Villa und hinauf zu dem Büro, in dem über tausend Präsidenten gedient hatten. Wong betrat es nervös. Es war ein großer, schlichter Raum mit strenger Dekoration. Vorsichtig ließ er sich auf dem Stuhl hinter dem riesigen Stahlschreibtisch nieder und begann, die Schubladen zu öffnen. Er fand sie voll bestückt mit Kassetten, einem Aufnahmegerät und allen anderen Notwendigkeiten. Der Schreibtisch und alles andere im Zimmer waren brandneu. Von seinen Vorgängern war nirgends eine Spur zu finden, und er war erleichtert, dies festzustellen. Die Abteilung für Psychologie ist am Werk, dachte er.

„Während wir Ihre Habseligkeiten in die Wohnräume bringen, Herr Präsident", sagte Al von der Tür aus, „frage ich mich, ob wir anfangen könnten, das Problem der Gnii zu diskutieren ... ihre Botschafter haben ein Ultimatum gestellt, und sie fordern eines." Antworte heute."

So bald, dachte Präsident Wong. Konnte er nicht ein paar Stunden Zeit haben, um sich an sein Büro zu gewöhnen, durch das Gebäude zu schlendern und den grünen Garten zu erkunden, den er von seinem vergitterten Fenster aus hinter dem Herrenhaus sehen konnte?

Für eine Sekunde hätte er beinahe rebelliert; Doch schon als er darüber nachdachte, mit „Nein" zu antworten, wurde ihm klar, dass dies niemals der Fall sein würde. Die Psych Agents hatten seinen Verantwortungsquotienten mit 9,6 gemessen und sie machten keine Fehler.

„Natürlich", antwortete er mit gezwungener Begeisterung. „Mit wem schlagen Sie vor, dass ich die Angelegenheit bespreche? Wer sind übrigens die Gnii ?"

„Im Vorraum warten der Manager für Verteidigung, der Manager für Handel und der Manager für auswärtige Angelegenheiten. Mit Ihrer Erlaubnis werde ich sie anrufen und sie werden mir das Problem erklären. Aber zuerst, wenn Sie das unterschreiben würden Anordnung ... sie wurde bereits von Präsident Reynolds und allen betroffenen Managern genehmigt."

Präsident Wong nahm das Papier entgegen. Es handelte sich um einen Befehl, einen Raumzug, 5.000 Kriegsschiffe und 500.000 Mann, zum System Altair A zu schicken, um sich für einen Angriff gegen das System Altair D unter das Kommando der Grasvian- Flotte zu stellen.

Der Präsident runzelte die Stirn. „Was ist die Geschichte dahinter?"

„Wie Sie wissen", erklärte Al geduldig, „gibt es in der gesamten Galaxie eine ungeschriebene Vereinbarung, dass, wenn ein System zu viele andere Systeme erobert, eine systemübergreifende Polizeitruppe gebildet wird, um den Eroberer niederzuschlagen Unendliche Systeme in der Galaxie, und da jeder Eroberer mit zunehmender dreidimensionaler Expansion an immer mehr von ihnen grenzt, ist die Eroberung der Galaxis im Gegensatz zu den eindimensionalen Eroberungen, die früher auf der Oberfläche von Planeten stattfanden, eine Herausforderung Offensichtliche Unmöglichkeit. Die Bewohner von Altair D scheinen jedoch eine Politik der rücksichtslosen Expansion verfolgt zu haben, die uns rechtzeitig erreichen könnte.

„Ich verstehe", sagte Präsident Wong. „Wie weit sind sie entfernt?"

„Der Zug wird sechzehn Jahre brauchen, um zum Treffpunkt zu gelangen. Sie werden zehn Jahre bleiben und dann zurückkehren. Aufgrund der Entfernung wird nicht erwartet, dass wir mehr als diese symbolische Streitmacht entsenden."

Präsident Wong sah sich den Befehl an. Es war bereits von Präsident Reynolds, den Leitern der Verteidigungs- und der Außenpolitik unterzeichnet worden. Obwohl 42 Jahre ein langer Zeitraum waren, um das Leben eines Menschen zu opfern, waren schließlich nur 500.000 Menschen beteiligt, und es war die Pflicht eines jeden Bürgers, bei Bedarf sein Leben für seinen Planeten zu geben.

Mit einer ungeduldigen Bewegung rollte er seinen Daumenabdruck in die weiche Kunststoffunterschrift und hielt ihn eine Sekunde lang fest, während er hart wurde. Dann warf er die Bestellung in einen Korb mit der Aufschrift „AUSGEHENDE KORRESPONDENZ".

Nachdem er seine erste offizielle Pflicht erfüllt hatte, hätte er hocherfreut sein müssen; aber stattdessen zerrten nagende Schuldgedanken an seinem Gehirn.

Wer waren überhaupt die Bewohner von Altair D? Woher wusste er, dass das Vorgehen der Polizei gerechtfertigt war? Sollte er nicht die ganze Akte herausholen und sie durchgehen?

Aber das würde Tage dauern ... und da wäre noch die Sache mit den Gnii , wer auch immer sie waren.

Die drei Manager traten ein. Präsident Wong stand auf und schüttelte ihnen die Hand. Sie verschwendeten keine Zeit mit weiteren Vorbereitungen, sondern machten sich direkt an die Arbeit.

„Die Gnii ", sagte der Handelsmanager, ein großer Mann mit rotem Gesicht, „fordern, dass wir unseren Handelsplaneten aus ihrem System entfernen. Sie behaupten, dass der Planetoid ein Sicherheitsrisiko darstellt, da er für ferngesteuerte Zwecke verwendet werden könnte." Sie drohen, die Bombardierung eines ihrer Planeten zu kontrollieren, wenn wir ihn nicht freiwillig entfernen, und ihre Botschafter sind persönlich hier, um unsere Antwort auf ihr Ultimatum entgegenzunehmen.

Daran war nichts Ungewöhnliches, das wusste Präsident Wong. Da sich sowohl Raumschiffe als auch alle anderen bekannten Kommunikationsmittel mit Lichtgeschwindigkeit fortbewegten, war es mittlerweile üblicher, Botschafter auf wichtige Missionen zu schicken, als Nachrichten zu versenden.

"Was denkst du, was wir tun sollten?" Präsident Wong fragte den Handelsmanager.

<hr>

„Ich denke, wir sollten ihnen sagen, sie sollen zur Hölle fahren", antwortete der Handelsmanager und sein schweres Gesicht wurde immer röter. „Schließlich haben wir eine Million Handelsplaneten in der Galaxis — wenn wir uns hierher zurückziehen, schaffen wir einen gefährlichen Präzedenzfall."
"

„Ich verstehe", sagte Wong stirnrunzelnd. „Ich kann mich an keinen außerirdischen Handelsplanetoiden in *unserem* System erinnern."

„Natürlich nicht, Herr Präsident", sagte der Manager für auswärtige Angelegenheiten, ein großer, schlanker, vornehm aussehender Herr mit blauen Augen und eisengrauen Haaren. „Wir erlauben sie nicht, und zwar aus dem gleichen Grund, aus dem die Gnii wollen, dass sie aus ihrem System entfernt werden. Handel mit Planetoiden wird normalerweise nur in rückständigen Systemen toleriert. Anscheinend möchten die Gnii nicht länger als rückständig betrachtet werden. Ich für meinen Teil denke." dass es ein Fehler wäre, ihrem Antrag nicht nachzukommen."

„Oh, das ist sehr schön, anständig, sportlich und so", sagte der Handelsmanager irritiert . „Aber ich muss mir Sorgen um die Ernährung unseres überbevölkerten Systems machen, das verhungern würde, wenn es keinen intersystemischen Handel gäbe – der zu einem erheblichen Teil über die Planetoiden abgewickelt wird."

„Können wir den bedrohten Planetoiden schützen?" fragte Präsident Wong den Verteidigungsmanager, einen kleinen, schlanken schwarzen Mann mit feuerroten Haaren.

Der Verteidigungsmanager dachte sorgfältig über seine Antwort nach. „Nicht, wenn sie bereit sind, einen enormen Preis für die Zerstörung zu zahlen", sagte er schließlich. „Immerhin sind es noch dreiunddreißig Jahre bis dahin. Wir können zwar sofort eine Flotte aussenden, die zur gleichen Zeit wie die Botschafter dort eintrifft, und bevor sie einen Angriff starten können, aber wir können kaum Verstärkung und Ersatz schicken, wenn die Schlacht erst einmal vorbei ist." Aber nach den besten verfügbaren Informationen denke ich, dass eine kleine Truppe von zwanzig- oder fünfundzwanzigtausend Soldaten in der Lage sein sollte, die Gnii davon abzuhalten, etwas Dummes zu tun.

„Dreiunddreißig Jahre", sagte Präsident Wong stirnrunzelnd. „Das bedeutet eine gemischte Besatzung mit Einrichtungen für Kinder. Mir wurde gesagt, dass bei solchen Missionen oft etwas schief geht."

Der Verteidigungsmanager nickte. „Das tun sie", stimmte er kurz zu. „Ich habe dieses Problem jedoch in meinem Bericht ausführlich analysiert."

Präsident Wong seufzte. „Wenn Sie, meine Herren, Ihre Berichte bei mir hinterlassen, werde ich meine Entscheidung bis morgen früh treffen."

Jeder der Manager gab ihm mehrere Rollen Klebeband. Die des Handelsmanagers fühlten sich bei weitem am schwersten an. Präsident Wong steckte sie in die Regale in seiner oberen linken Schreibtischschublade.

„Bitten Sie die Gnii hereinzukommen", sagte er zu Al.

Al drückte einen Knopf an der Armlehne seines Stuhls und die Tür schwang auf. Vier große Spinnenwesen betraten den Raum, gefolgt von einem kleinen Mann mit Glatze. Ihre runden Körper waren von Plastikkugeln umgeben, in denen ein weißlich durchscheinendes Gas wirbelte. Sie gingen zum Schreibtisch des Präsidenten und der Anführer streckte ein haariges Bein aus.

Mit Mühe zwang sich Präsident Wong, das Bein mit der Hand zu ergreifen und es auf und ab zu pumpen. Er bemerkte, dass die Kreatur das Bein zurückzog, sobald es einigermaßen möglich war, und lächelte ein wenig, als er zu dem Schluss kam, dass ihre Abneigung auf Gegenseitigkeit beruhte.

Der Gnii trat zurück und begann, mit seinen beiden Vorderbeinen zu wedeln.

„Er bittet Sie um eine Antwort auf sein Ultimatum", interpretierte der kleine kahlköpfige Mann.

„Sagen Sie ihm, dass ich ihm morgen eine endgültige Entscheidung geben werde", sagte Präsident Wong. „Entschuldigen Sie, dass ich heute nicht antworten kann, und weisen Sie darauf hin, dass ein Tag keinen großen Unterschied machen wird, da er dreiunddreißig Jahre brauchen wird, um nach Hause zu kommen."

Der kahlköpfige Dolmetscher wedelte mit den Händen. Die vier Gnii bildeten eine kleine Gruppe und wedelten einander mit ihren Spinnenbeinen zu. Dann wandte sich der Leiter erneut an den Dolmetscher und „sprach".

„Sie sagen, dass sie einverstanden sind", sagte der Dolmetscher. „Aber sie möchten betonen, dass es nicht daran liegt, dass sie die Macht des Sonnensystems fürchten."

Der Gnii -Anführer zögerte einen Moment, dann streckte er sein Bein erneut aus. Präsident Wong hat es einmal gepumpt. Der Gnii ließ seine Hand sinken, drehte sich um und verließ den Raum, während die drei anderen und der Dolmetscher ihm folgten.

„Wenn Sie mich nicht mehr brauchen ", sagte der Handelsmanager mit einem Blick auf seine Uhr, „gehe ich zurück zum Handelsbüro. Ich habe ein Treffen mit einigen Abteilungsleitern."

Präsident Wong nickte müde. „Ich habe die Tonbänder. Ich werde heute Abend alle Ihre Positionen studieren."

Der Handelsmanager und der Außenminister standen auf und verließen den Raum. Der Verteidigungsmanager blieb auf seinem Platz.

„Wenn Sie Lust dazu haben", sagte Al, „würde der Verteidigungsmanager es zu schätzen wissen, wenn Sie den Überresten der Dritten Kompanie ein präsidiales Zitat überreichen würden. Sie waren an einer Polizeiaktion im System Veganea beteiligt , und ihre Wie Sie wissen, ist die Auszeichnung traditionell, ebenso wie die Rede. Hier ist der Text – Sie müssen ihn nur lesen.

„In Ordnung", sagte Präsident Wong, nahm Al das Papier aus der Hand und überflog es. Es gab nur einen Absatz.

Die Tür öffnete sich und vier alte Männer traten ein, gefolgt von einer Ehrengarde aus acht kräftigen Soldaten. Sie näherten sich dem Schreibtisch und stellten sich stramm. Präsident Wong blickte von der Rede auf und verspürte eine Welle plötzlicher Übelkeit. Für eine Sekunde hatte er Angst, dass er tatsächlich krank werden würde. Keines ihrer alten faltigen Gesichter war vollständig. Die am schlimmsten verwundeten hatten weniger als ein halbes Gesicht, und dieses war durch violette Flecken von Strahlennarbengewebe verfärbt. Er war blind und die anderen manövrierten ihn in Position vor dem Schreibtisch.

„Für die heldenhafte Rolle, die Sie bei der Polizeiaktion gegen Veganea gespielt haben –" Wong stolperte über den Namen und fuhr dann hastig fort: „Ich, der Präsident der Solar Union, hiermit …"

„Rot", sagte der Blinde mit zahnlosem Zahnfleisch und einer Stimme, die nur noch ein heiseres Flüstern war. „Sagen Sie mir, wissen Sie, wo Veganea ist? Weiß jemand auf der Erde, wo Veganea ist, oder kümmert es ihn? Wie viele Männer, Herr Präsident, wie viele Männer, jung und gesund, sind zu diesem Polizeieinsatz gegangen? Wissen Sie?" Seine heisere Stimme wurde lauter. „Vier sind zurückgekommen ... aber kann mir einer von euch sagen, *wie viele noch übrig sind?*"

„Das reicht", sagte der Verteidigungsmanager. Auf sein Zeichen hin ergriffen zwei der Ehrengardisten sanft die Arme des Veteranen und führten ihn zusammen mit den anderen aus dem Raum.

„Ich befehle, dass er nicht bestraft wird", sagte Wong scharf.

„Das wird er nicht", sagte der Verteidigungsmanager. „Halten Sie mich für einen Barbaren? Ich hatte jedoch gehofft, dass Ihr Interesse ihre Einstellung ändern würde. Wie Sie sich vorstellen können, gerät dadurch die Moral der Rekruten ins Wanken."

„Übrigens", fragte der Präsident, „wo ist Veganea und wie viele Männer *haben* wir dorthin geschickt?"

„Es ist ungefähr vierundzwanzig Jahre entfernt, in der Nähe von Vega. Die Aktion begann vor meiner Zeit und ich weiß nicht, wie viele Männer daran beteiligt waren – wahrscheinlich nicht mehr als ein paar Millionen. Die Polizeiaktion endete erfolgreich, aber unsere Schiffe befanden sich im erste Welle und wurden ausgelöscht.

Der Präsident setzte sich müde. Seine Hand wanderte zu dem Befehl, den er am Morgen für einen Polizeieinsatz unterschrieben hatte, und driftete dann ziellos davon.

"Was kommt als nächstes?" fragte er Al. Er steckte sich ein paar Energiepillen in den Mund, während Al in seinem Buch nachschlug.

„Da ist die Sache mit der Konversionsbombe", sagte Al. „Der Manager für wissenschaftliche Forschung und der Manager für Verteidigung möchten, dass Sie eine Entscheidung darüber treffen."

„Die Konversionsbombe ? " sagte Präsident Wong verwirrt. "Davon habe ich noch nie gehört."

„Es ist streng geheim auf höchster Ebene", erklärte der Verteidigungsmanager. „Anstatt Atome zu zerlegen und etwas Energie freizusetzen, wie es bei herkömmlichen Spaltwaffen der Fall ist, wandelt es Materie vollständig in Energie um. Angesichts der Materie-Energie-Gleichung ist die von einer kleinen Menge Materie freigesetzte Energie fantastisch."

Al war aufgestanden und zur Tür gegangen. Er kam mit einem alten, grauhaarigen Mann mit hängenden Schultern zurück. Der Präsident würdigte den berühmten Forschungsmanager.

Der Manager begann sofort und ohne Einleitung mit seiner Argumentation. „Herr Präsident, obwohl meine Abteilung endlich einen Weg gefunden hat, Materie direkt in Energie umzuwandeln, glaube ich, dass jede Nutzung dieses Prozesses katastrophal wäre. Erstens gibt es absolut keine Schutzmaßnahmen, die verhindern könnten, dass eine mit Materieumwandlung betriebene Maschine verwendet wird Für friedliche Zwecke kann die Konversionsbombe durch einfachste Veränderungen nicht nur in eine tödliche Waffe umgewandelt werden , sondern auch in der Lage sein, im Gegensatz zu Atombomben nicht nur Planeten, sondern auch Sterne mit ihren gesamten Systemen zu zerstören Die Galaxie soll ihre Vorherrschaft durch irgendein System verhindern — und angesichts der Entfernungen und Bevölkerungsgruppen ist diese Vorherrschaft offensichtlich unmöglich. Aber wenn wir anfangen würden, Konvertierungsbomben zu bauen, und wenn die Nachricht davon bekannt würde, würde sich die gesamte Galaxis gegen uns erheben. bis zum Rand."

„Aber, Herr Präsident", sagte der Verteidigungsmanager ruhig. „Wir sind kein einzigartiges Volk. Wenn wir die Konvertierungsbombe nicht produzieren, können Sie sicher sein, dass jemand anderes es tun wird. Vielleicht sogar unsere Freunde, die Gnii . Kein System hat sich jemals dadurch gerettet, dass es sich weigerte, die besten Waffen herzustellen, die ihm zur Verfügung standen." . Was die Galaxie betrifft, die sich gegen uns erhebt — wenn wir die Konvertierungsbombe haben, können wir uns gegen einige oder alle von ihnen verteidigen und ihre Sonnen in Novae sprengen."

„Bis *sie* die Bombe haben", unterbrach der Leiter der wissenschaftlichen Forschung. „Wie Sie sagen, wir sind kein einzigartiges Volk."

„Meine Herren", sagte der Präsident und stand plötzlich auf. „Ich fühle mich müde und schwindelig. Die Idee einer Bombe, die Systeme auslöschen kann, ist für mich neu. Wenn Sie Ihre Tonbänder zurücklassen, werde ich Ihre Argumente heute Abend studieren, und wir können diese Diskussion morgen wieder aufnehmen."

Die beiden Manager standen sofort auf, schüttelten dem Präsidenten die Hand und gingen. Sie sprachen nicht miteinander, als sie durch die Tür gingen.

„Herr Präsident", sagte Al, „es ist sieben Uhr. Werden Sie mit mir zu Abend essen, Sir?"

Präsident Wong ließ sich in seinen Sitz zurücksinken und starrte Al ausdruckslos an, wobei er sein freundliches Grinsen nur halb bemerkte. „Was würdest du mit dem Gnii machen , Al, wenn du an meiner Stelle wärst?" er hat gefragt.

„Es tut mir leid, Sir", sagte Al, „aber ich weiß es wirklich nicht. Kommen Sie besser zum Abendessen vorbei. Sie hatten einen harten Tag und morgen steht Ihnen ein schwierigerer bevor. Wir haben einen gerettet eine Reihe schwieriger Probleme, die wir Ihnen nicht an Ihrem ersten Tag im Amt vorwerfen wollten."

Der Hauch eines Lächelns schlich sich über das Gesicht des Präsidenten und verschwand dann schnell. „Es ist alles in Ordnung, Al. Geh und iss. Ich denke, ich bleibe einfach hier und gehe diese Bänder durch."

Als Al ging, sah Präsident Wong den Befehl zum Polizeieinsatz auf seinem Schreibtisch. Er hob es auf, um Al zu rufen, damit er es mitnehme, aber sein Blick fing die Worte „ *500.000 Mann … sechzehn Jahre* "*ein* , und ein Bild der schrecklich verwundeten

Veteranen blitzte vor seinen Augen auf. Eigentlich müsste er die Akten durchgehen und herausfinden, ob die Expedition notwendig war ...

Er öffnete die linke Schreibtischschublade und starrte auf die Gnii- Kassetten, nahm aber keine davon heraus. Es schien zu viel Aufwand zu sein.

Und dann war die Konversionsbombe viel wichtiger.

Er schloss die erste Schublade und öffnete die mit den Konvertierungsbomben-Kassetten.

Aber das Gnii musste morgen beantwortet werden – die Bombe konnte warten. Er knallte die Schublade zu.

„ Gnii ", murmelte er vor sich hin und öffnete die andere Schublade.

Dann bemerkte er, dass er den Polizeieinsatzbefehl wieder in seinen Ausgangskorb gelegt HATTE . Er knallte die Schublade mit den Gnii- Bändern wieder zu, öffnete die Schublade darunter und schob die Bestellung hinein, damit sie nicht versehentlich aufgehoben wurde, bevor er sie überprüfen konnte.

„Fünfhunderttausend Mann hier drin", sagte er, als er die Schublade schloss. „Ich werde –"

Wohin sollten sie gehen? Er konnte sich nicht erinnern. Er öffnete die Schublade erneut und sah sich die Bestellung an. An Altair D. Der Name hatte für ihn keine Bedeutung.

Nun mal sehen ... oh ja, das Konvertierungsbombenband.

Er öffnete die Schublade, um die Tonbänder herauszunehmen, und erinnerte sich, dass das Gnii- Ultimatum bis morgen beantwortet werden musste.

„ Gnii , Gnu, Gnuts ", sagte er und öffnete eine Schublade. Es war das falsche und die Bänder waren nicht da. Welche Bänder?

Die Tür öffnete sich und Präsident Wong blickte auf und sah Al's lächelndes Gesicht hereinschauen.

„Ich bin vorbeigekommen, Sir", sagte Al, „und ich habe mich gefragt, ob ich Sie nicht zum Abendessen überreden könnte …"

„ *Raus!* ", rief der Präsident.

Die Tür schloss sich leise.

Wo war er nun? … Oh ja, die Konversionsbombe. Bekehrung, Bekehrung, Gespräch, Bombe, Bombe, Boom, *BOOM* . Aber das war es auch nicht – es waren die Gnii , sie mussten bis morgen beantwortet werden … Gnii , Gnii , Gnu, Gnuts , in welche Schublade hatte er die Mücken gesteckt? Und warum einen Polizeieinsatz gegen Mücken anordnen? Verwandle einfach jede einzelne davon in Spinnen …

Al ging langsam den Flur entlang, sein Grinsen war verschwunden, sein Gesicht sah ausgewaschen aus. Er ging in sein eigenes kleines Büro und schaltete das Kommunikationsvideo ein.

„Erster Vizepräsident Michael Thompson", sagte er zum Telefonisten.

Einen Augenblick später erschien Thompson auf dem Bildschirm.

„Herr Erster Vizepräsident", sagte Al mit müder Stimme, „darf ich vorschlagen, dass Sie die nächsten Wochen in der Hauptstadt bleiben?"

Obwohl er wusste, dass es nicht höflich war, verließ Al das Set, ohne eine Antwort abzuwarten – aber nicht bevor er den weißen und verängstigten Ausdruck auf Thompsons Gesicht bemerkte. **— STEPHEN ARR**